T'ES PAS MA MÈRE

ISBN 2-7427-3307-8

Illustration de couverture :

PRUNE BERGE

T'ES PAS MA MÈRE

ACTES
HUBERT NYSSEN EDITEUR
SUD

à Floriane,
Volcy et Orion

ANNE VALLIO
A
STÉPHANIE BOUVIER

Bourg-la-Reine,
le 12 mai 1996

Ma fille,

Sans doute n'ai-je pas le droit de t'appeler ainsi. Mais tu existes, je viens de l'apprendre, tu as vingt ans. Je ne sais pas encore si j'écris cette lettre pour toi, pour moi, ou comme pour tisser des fils entre deux océans.

Tout a commencé il y a six mois. Armelle, la jeune fille qui m'aide à vendre des sous-vêtements au magasin, m'a demandé de l'accompagner à l'hôpital pour une IVG. C'est une fille que j'aime bien. Sans avoir le sens de la finition, de la délicatesse d'une couture, de la douceur d'une couleur sur la peau, elle sait instinctivement convaincre de nouvelles clientes, elle donne une forme de bonne santé et de joie de vivre à ce lieu, qui, très vite, pourrait devenir angoissant pour les femmes qui s'y dénudent et cherchent, devant un miroir étranger, à mettre en valeur le galbe d'une jambe ou à dissimuler un sein mal formé.

Armelle est un rayon de soleil, bien agressif, mais rayon tout de même, sachant obtenir ce qu'elle veut.

J'ai donc fermé la boutique pour une journée, commandé un taxi, et, ce matin-là, je suis passée la chercher chez ses parents. Nous sommes arrivées dans un petit hôpital gris. Une infirmière, sans sourire, nous a installées dans une chambre verdâtre, Armelle sur un lit et moi sur un tabouret. On lui a fait une échographie.

Je tremblais et tentais de cacher mon émotion. Elle, ne regardait pas. Nous sommes revenues dans la chambre. A l'étage au-dessus, les nouveau-nés exerçaient leurs poumons, leurs cordes vocales et le début de leurs convictions. De temps à autre, l'un d'entre eux passait dans le couloir, joyeusement poussé dans un berceau transparent par un père, une grand-mère ou une sœur… Une dame en blanc est venue chercher Armelle.

Quand elle est revenue, fatiguée mais pressée de partir, j'ai serré sa main et me suis mise à pleurer. Je ne pouvais plus m'arrêter. Elle me réconfortait, m'affirmant que sa décision était la bonne, qu'elle n'aurait pas pu accepter un enfant conçu sans amour, élever un enfant sans père et qu'elle ne voyait pas l'avenir du monde si brillant qu'il faille à tout prix y lancer un nouveau môme.

D'habitude je ne pleure pas. Je voulais à mon tour la rassurer : non, ce n'était pas pour elle que je pleurais, ni sans doute pour ce petit début d'enfant qui ne serait jamais grand. Mes larmes venaient de loin.

D'Asie, j'ai dit pour la rassurer tout à fait. Mais mes larmes redoublaient, comme une douche à deux jets permanents, silencieux et salés. Et dans cette chambre triste et anonyme, pour ne pas hoqueter et garder ma dignité, j'ai repensé aux rizières d'enfance de ma mère, à ses photos d'elle, souriant à mon père.

J'avais trois ans quand mon père m'a amenée en France. Je n'ai depuis jamais revu ma mère. C'est peut-être cette pensée qui a stoppé mes larmes. J'ai alors demandé pardon à Armelle et promis de lui parler un jour de l'Asie. A son tour, elle m'a promis de ne plus fabriquer de bébé à la légère et de chercher un père pour une petite fille aux yeux gais, qu'elle fabriquerait tout à fait.

D'Asie, nous avons parlé un peu plus tard. Mme Komatzu, qui est japonaise, était venue chercher des sous-vêtements. Elle passe toujours des heures à palper les soutiens-gorge avec des doigts fins et agiles. Elle cherche moins son confort que la douceur du tissu pour une main d'homme, le molletonné donnant à ses seins un galbe arrondi "sans que l'on sente que ce n'est pas tout à fait naturel", le rose pâle adapté à sa peau, "un peu plus pêche s'il vous plaît et un peu moins champagne", dit-elle avec une petite voix qui, sous la douceur, cache une volonté tranquille.

Je me demande parfois pourquoi je suis si patiente avec elle. Est-ce de la compréhension profonde, de l'admiration pour son raffinement ou bien une forme de paresse ?

Je ne sais pas si je suis née tolérante ou indifférente.

Ce qui est vrai c'est que je n'ai jamais trouvé en moi la force de me battre *contre* le Destin ou *pour* une croyance qui serait suffisamment forte pour que je veuille la faire partager aux autres.

D'ailleurs, ma petite, je ne me suis pas battue pour toi, comme sans doute ma mère ne s'était pas battue pour me garder avec elle. Est-ce une sagesse, est-ce une faiblesse, est-ce "génétique", comme on dit aujourd'hui pour éviter d'agir ?

Quand Mme Komatzu était partie ce jour-là avec un seul soutien-gorge, une paire de bas gris très fins, toute la boutique était déballée et Armelle explosait. "Heureusement, me dit-elle, que vous n'êtes pas japonaise ! Vous êtes née où, déjà ?

— Je suis née près de Saïgon mais je n'ai presque pas de souvenirs d'enfance, ou je les confonds avec les histoires que me racontait mon père et les quelques photos trouvées après sa mort."

Petite, sache que mon père, ton grand-père, était français, militaire, fils de militaire, d'une famille d'Angoulême. Il a rencontré ma mère en Indochine. Sur les photos, ils semblent heureux. Elle est toute menue, il lui manque une dent sur le côté et les autres n'ont pas l'air très belles mais son sourire est confiant, un peu distant, comme le mien paraît-il. Mon père a voulu me ramener la première pour préparer ses parents à l'idée d'une belle-fille asiatique. Quand il est revenu chercher ma mère, elle avait changé de vie, acquis son indépendance, et je n'ai jamais su si c'est elle qui avait renoncé à venir en France ou mon père qui soudain avait pris peur.

Ma mère me manque aujourd'hui. C'est peut-être pour cela que j'écris cette lettre, que je t'ai recherchée.

J'appelais, j'appelle encore, ma grand-mère "maman". Lorsque j'étais petite, elle était tendre et sévère, grosse, injuste et toujours sûre d'avoir raison. Si, entre deux gâteaux, il lui arrivait de dire du mal de ma mère à ses amies, à moi elle répétait qu'une fille ne juge pas sa mère, surtout quand cette dame avait été aimée par un homme aussi exceptionnel que son fils, mon père. Juste avant sa mort, mon père m'a demandé pardon, mais je n'ai pas su de quoi ; de m'avoir privée de ma mère, de mon pays, ou de toi, ma fille ? Aujourd'hui celle que j'appelle maman est bien vieille. Elle est humiliée de perdre le contrôle de son corps et cache cette détresse en faisant la folle. Lourde, folle et râleuse, elle garde une force et une autorité qui m'impressionnent, me sont étrangères, me gênent.

Nous sommes loin des lingeries fines de Mme Komatzu. Et c'est pourtant ce jour-là que pour la première fois j'ai parlé de toi à Armelle.

A vingt-deux ans, j'avais fait des études de comptabilité et de gestion. J'habitais dans la petite maison de ma mère-grand-mère à Bourg-la-Reine. J'étais élevée comme une jeune bourgeoise d'une autre époque. Je rentrais tous les jours à 16 h 30 après les cours, faisais le marché, déposais les paquets dans l'évier et montais dans ma chambre écouter des chansons et lire tous les magazines de ma grand-mère sur la mode, la beauté, la santé... Je répondais à tous les jeux et concours et gagnais vernis à ongles que je n'avais pas le droit de mettre, places de concerts de rock auxquels je n'avais pas le droit d'aller.

J'avais juste l'autorisation de participer aux bonnes œuvres organisées par le curé de la paroisse ou par la directrice de l'école primaire. Grâce au curé, j'allais apprendre à lire à des enfants trop démunis pour accepter l'intégration sociale et, grâce à la directrice, je lavais l'appartement d'une vieille dame du quartier, épluchais ses pommes de terre, lui lisais des Delly ou des Arlequin, et lui coupais les ongles des mains.

Je faisais aussi partie d'une chorale, enfin d'un petit groupe de chant, dirigée par une fille de mon âge, qui comme moi s'occupait d'une vieille dame. A la fête de fin d'année de l'école primaire de notre quartier de Bourg-la-Reine, nous chantions le récital préparé pendant l'hiver et animions les jeux dans la cour.

C'est en aidant des enfants à pêcher des poissons en plastique que je rencontrai Jacques. Il était un peu plus jeune que moi et venait d'échouer pour la deuxième fois au concours de Polytechnique.

Bien que reçu à l'Ecole des ponts et chaussées, il ne se remettait pas de son échec. N'osant plus parler à ses parents, il s'était réfugié chez un oncle "idiot qui ne le jugeait pas".

Avec mes yeux bridés, ma robe en coton bleu et mon diplôme de comptable, je dus le rassurer. Il me demanda en mariage. Je crois qu'à cette époque ma mère m'a vraiment manqué, que je me suis sentie seule et émigrée. Mais, en épousant un Français, je trouvais des racines, j'allais créer les miennes. Fiancée, rassurée, je me suis tout à coup sentie jeune, avec l'envie de m'amuser.

Une de mes amies, Nicole, venait de passer son diplôme d'assistante sociale. Elle avait une amie infirmière, Christiane, un peu plus âgée que nous, qui avait une deux-chevaux. Nous avons décidé de partir toutes les trois un mois en Suède. Le frère aîné de Nicole nous avait tant parlé de la Suède, nous avions tant rêvé de ce pays libéral et égalitaire, de nudistes profitant du moindre soleil, buvant le soir à n'y plus voir et dévorant les œufs de saumon à la cuillère, que nous avons été déçues par l'accueil glacé et condescendant des Suédois. Nos jupes à volants et nos soutiens-gorge à balconnets ne déridaient pas les garçons.

Mais, petit à petit, j'ai aimé la lumière acidulée du ciel, l'imbrication particulière de la terre et de la mer et éprouvé une reconnaissance profonde pour ces morceaux de terre qui me soutenaient à portée de l'air. Un soir dans une île, Nicole et Christiane ont bu de la bière en compagnie de deux Français en quête de Suédoises. Elles riaient.

Un homme jeune, très grand, très fort, très blond aux yeux délavés par la mer et le whisky est venu s'asseoir à ma table. Nous n'avons pas parlé. Il ne connaissait pas un mot de français ni d'anglais. J'ai cru comprendre qu'il était norvégien. Nous sommes partis marcher, nous avons regardé la mer ensemble et nous avons fait l'amour très vite, très fort, contre le mur en bois peint d'une jolie maison. J'ai eu un peu mal, très chaud. Il sentait le bois et le chien mouillé. Nicole et Christiane me cherchaient. J'ai rajusté ma jupe et mes cheveux. Il est parti d'un côté de la maison et j'ai rejoint la deux-chevaux. "Tu vas bientôt le revoir, ton Jacques", ont-elles rigolé.

Au retour, Jacques s'était pendu. Il n'avait pas pu accepter son échec à Polytechnique. "C'est mieux que ça soit arrivé avant votre mariage qu'après", a dit ma grand-mère. Les parents de Jacques m'invitaient souvent à déjeuner. Ils habitaient un grand appartement rue de Grenelle. Ils étaient tristes, ne m'accusaient pas vraiment d'être partie seule en Suède. Ils essayaient de comprendre leur fils.

J'ai alors découvert que j'étais enceinte. Ce n'était pas de Jacques mais du Norvégien. J'ai prié Jacques très fort, je voulais entendre sa voix, lui demander conseil où qu'il fût dans l'univers. Aucune voix n'a répondu. Je suis entrée dans une église, ai allumé une bougie, demandé à tous les esprits anciens ou futurs une lumière. Seule la petite flamme vacillante de la bougie me rappelait que j'étais seule dans un grand passage. J'ai senti bouger le bébé en moi et j'ai prié mon ventre pour que ce petit bout de vie et de mort me dise quoi faire. J'ai été à la consultation générale de Cochin, peut-être parce que cet hôpital était sur ma ligne de métro, peut-être parce qu'il était grand et me donnait l'impression d'être anonyme. Pourtant, quand, la première fois, mon tour est arrivé, je me suis enfuie. La seconde fois, devant la tête énervée d'un médecin agressif, j'ai prétendu un mal à la nuque. Il a demandé des radios. A l'infirmière, j'ai dit que je ne voulais pas de radios. Elle m'a demandé d'un ton désinvolte : "Pourquoi, vous êtes enceinte ?" Je lui ai dit que je n'en savais rien. Elle m'a fait faire une prise de sang. Comme je ne voulais pas lui donner mon nom ni mon adresse, elle a appelé une assistance sociale, une sorte de géante rousse aux larges hanches qui s'appelait Mme Bruyère. Elle m'a demandé de bien réfléchir à ce que nous allions faire. Nous, c'était déjà décidé, c'était elle. Puisque je ne voulais pas donner mon nom, que j'étais majeure et enceinte de cinq mois, je ne pouvais que finir de porter un beau bébé et décider alors de le garder ou de le donner. Mais le donner à qui ?

"Ça, ma petite, quand on le donne, on ne fait pas la difficile." Elle organisa le rendez-vous à Saint-Vincent-de-Paul. Mon suivi médical. Toi, mon bébé, je te cachais.

De ma grand-mère, des parents de Jacques, de mes amis. Tu étais mon secret. Et comme pour te faire remarquer, tu mettais un point d'honneur à me donner des coups de pied dès que j'étais avec quelqu'un d'autre que toi. Seule avec moi, tu étais calme, indifférente à ma détresse, comme absente. Il suffisait que je dise bonjour à la boulangère ou parle à quelqu'un dans le métro, et vlan ! tu bondissais comme pour dire : et moi, et moi et moi…

Je commençais à grossir. Une messe a été dite pour Jacques. Pendant la cérémonie le bébé ne cessait de bouger. La mère de Jacques a fixé mon ventre. Nos regards se sont croisés. J'ai quitté l'église Saint-François-Xavier, en pleine cérémonie, et suis arrivée à Saint-Vincent-de-Paul où j'ai demandé refuge. Je portais en moi ce regard d'une mère sur mon ventre avec tant de violence que le reste n'existait plus. Je crois que l'on m'a fait des piqûres, que tu es née, que l'on m'a demandé si je voulais te garder. J'ai dit que je ne pouvais pas. Une seule chose m'obsédait : aller montrer à ma presque belle-mère que j'avais un ventre plat, que tout n'était qu'imagination de sa part, que malheureusement Jacques et moi n'avions pas d'enfant.

J'ai signé tous les papiers, sous X, comme une coupable, en demandant seulement si le bébé était un garçon ou une fille. Une fille, m'a-t-on dit, mais rien ne dit qu'elle vive. Elle a des problèmes. Si elle meurt, acceptez-vous que son corps soit donné à la science ? J'ai dit oui. Et les portes de l'enfance, de l'espoir, de la vie se sont fermées derrière moi, pour toujours, avenue Denfert-Rochereau.

Ma grand-mère a pensé que j'avais un amoureux, les parents de Jacques me regardaient avec distance, ils me trouvaient de plus en plus "vulgaire", m'a dit leur femme de ménage. J'avais montré mon ventre plat et je n'avais plus rien à dire. Je ne les revis plus. Je me sentais vietnamienne.

Je regardais les vieilles femmes dans les boutiques et les restaurants de la rue Monsieur-le-Prince comme des reflets d'une part de moi que je ne connaissais pas.

Juste avant les vacances, j'ai trouvé un travail de comptable grâce à un ami de mon père, dans le tissu. Le soir à Bourg-la-Reine, "maman" me préparait le dîner, s'étonnait de ma maigreur, me racontait ses propres peines de cœur pour m'inviter aux confidences. Rien ne m'atteignait vraiment. Je traversais le temps anesthésiée, me rattachant au rythme précis du lever, du trajet, du travail, de la cantine, du travail, du métro, de la télévision, du dîner et du lit.

Cela a duré une année et puis une collègue m'a proposé d'aller avec elle en Espagne. A Bilbao, j'ai rencontré Daniel, un petit homme très brun originaire d'Aix-en-Provence. Il m'a fait la cour pendant longtemps. Je lui ai dit que j'avais été fiancée et enceinte et que j'avais fait une fausse couche.

Nous nous sommes mariés à l'église. J'aimais bien sa famille. Nous habitions rue du Faubourg-Saint-Antoine et nous avons eu un fils, Patrick. Il est très brun, aux yeux bridés, on le prend pour un Indien. Il a seize ans. Daniel et Patrick ont eu il y a cinq ans un accident d'auto. Patrick, qui n'avait pas mis sa ceinture de sécurité, a été éjecté. Il boite. Il est vivant. Daniel est mort.

Avec l'argent de l'assurance, j'ai acheté la boutique de lingerie à Bourg-la-Reine. J'ai installé pour "maman" un appartement au deuxième étage de la maison. Elle aime "prendre de la hauteur", dit-elle. Une infirmière vient s'occuper d'elle trois fois par jour.

Patrick a sa chambre au rez-de-chaussée derrière la boutique, avec une douche. Il passe son bac cette année, veut devenir médecin. Il est responsable et secret. Je n'ai jamais parlé de toi à personne. J'évitais de m'en parler à moi-même. Et me voici en train d'apprivoiser mon silence caché. Je cherche le mur en bois de cette petite maison suédoise sur lequel je m'appuyais comme sur la terre pendant que le ciel qui basculait reflétait la mer et que tu arrivais. Je cherche les rizières de ma mère dont les eaux stagnantes cachaient, si l'on se penchait, la neige du ciel.

Quel lien y a-t-il aujourd'hui entre toi et moi ? Entre le ciel et l'eau salée très calme ? Entre la lingerie fine que je propose de mes mains douces aux ongles laqués ? La peau. J'y pense en l'écrivant : la peau. Si j'envoie cette lettre et si tu la reçois un jour, tu la toucheras, ta peau, et tu penseras à toutes les membranes du monde qui retiennent de l'eau, du ciel, de la lumière et de l'ombre. Ta peau à toi, comment est-elle ? Fragile et souple, rugueuse et généreuse ou lisse et fermée ? Ta peau garde-t-elle les drames intimes ou les évapore-t-elle ? Est-elle acide, amère ou salée ? Peut-être y a-t-il une peau invisible qui enferme chaque être humain dans une bulle de ciel et d'eau, juste un peu plus grande qu'un ventre de mère et que l'on appelle le Destin ? Des bulles se collent, d'autres se séparent, la peau brûlée se recrée.

La peau de ton père était, dans mon souvenir, fine et acide, la mienne est plutôt lisse mais je n'en connais pas l'odeur. Il est vrai que je n'ai pas non plus de souvenir de l'odeur de ma mère. Les deux choses sont peut-être liées, je n'en sais rien. J'ai toujours agi sans trop réfléchir, j'ai été agie.

Quand, ce jour où venait de partir Mme Komatzu, j'ai parlé de toi à Armelle, son premier réflexe n'a pas été de me plaindre, de me comprendre et de me consoler, mais de me dire que j'étais un monstre. “Même si mes vieux me conviennent qu'à moitié, disait-elle, c'est quand même mes vieux, et vous, vous avez connu votre père et vous avez votre mère, peut-être, au Viêtnam, à vous d'aller la chercher ; mais laisser un enfant sans lui dire qui vous êtes, c'est injuste.

— Mais comment même savoir si ma fille est vivante ? lui ai-je demandé.

— Si vous voulez le savoir, c'est facile.
— J'ai peur.
— Vous voulez que je la cherche pour vous ?"

J'étais ahurie, prise au dépourvu, j'ai dit oui. Je ne sais pas exactement comment Armelle s'y est prise. Son père qui est greffier a dû l'aider. Elle est arrivée un matin en me donnant un papier : "C'est son nom, elle est bien vivante, très grande, blonde aux yeux bleu foncé, bridés. Elle a été adoptée."

Je me sens, depuis, comme il y a vingt ans quand je te cachais au fond de moi. J'épie le regard de "maman", de Patrick et des clientes. Ai-je changé, se doutent-ils de quelque chose ? Que racontent sur moi la famille d'Armelle et tous ceux qui les ont aidés à te trouver ? Armelle, elle-même, attend de moi que j'agisse. Saurai-je, cette fois, ne pas être détruite par le regard des autres ?

Je ne suis pas très courageuse, comme tu le vois. Mais si j'envoie cette lettre et si tu le peux, raconte-moi qui tu es. Ne m'en veux pas.

ANNE VALLIO

COLETTE BOUVIER
A
ANNE VALLIO

Paris,
le 29 septembre 1997

Madame,

Il y a plus d'un an, Stéphanie, ma fille, votre fille, m'a montré la lettre que vous lui avez écrite et elle me l'a laissée en dépôt.

Elle partait aux Etats-Unis pour un mois ou deux chez une cousine. Elle a trouvé du travail à Portland, au nord de Boston, et s'y est installée. Je lui ai demandé récemment si elle vous avait écrit. Elle m'a dit que non, c'est la raison pour laquelle j'ose le faire aujourd'hui.

Après le courage qu'il vous a fallu pour lui envoyer cette lettre, ne recevoir aucune réponse pendant plus d'un an a dû vous être cruel et angoissant. Sachez pourtant qu'après la stupeur et l'effroi votre lettre a apporté à Stéphanie une grande paix ; celle de savoir d'où elle vient, de quels pays, de quelle histoire d'amour. Ce n'est qu'après avoir reçu votre lettre qu'elle a pu commencer à prendre en main sa destinée, et je vous en remercie. Si j'en crois les psy, ce n'est pas moi qui devrais vous dire merci et j'en fais toujours trop et trop vite et à sa place. Il est d'ailleurs possible que je ne vous adresse pas cette lettre et ne l'écrive que pour moi-même, recherchant dans des souvenirs un sens à ma propre vie.

La première fois que j'ai vu ce tout petit bébé, j'ai, en une seconde, saisi l'immensité que nous allions devoir parcourir elle et moi pour nous trouver. Mais j'étais jeune, j'étais prête et j'étais aimante. Je l'ai serrée très doucement, très respectueusement dans mes bras. L'infirmière m'a permis de lui donner le biberon. La petite fille me fixait, étonnée, rassurée. Elle buvait. C'était ma fille pour la vie. Elle a pleuré devant la barbe de son papa. Il était gauche et attendri, conquis à vie lui aussi.

A la maison, dès que je la laissais deux minutes, elle hurlait. Elle ne supportait pas que je lise, que j'écrive, que je téléphone. Son père l'appelait Pouchkine.

J'ai repris mon travail de dentiste pour ne pas me laisser envahir. C'est un métier qui demande de l'attention, de la précision, qui ne permet pas à l'esprit de vagabonder. Je reprenais mon souffle. En rentrant à la maison, ma fille et moi nous baignions dans la même baignoire en tapant l'eau mousseuse, en jouant avec des bateaux, des poissons et autres babioles. Nous nous apprivoisions.

Une de mes amies, journaliste, a adopté une petite fille. Ne voulant pas abandonner son travail ni laisser sa fille, elle avait décidé de l'emmener partout avec elle dans un sac à dos. Cela a duré longtemps, puis un jour de mal au dos, elle a dit à sa fille qu'elle allait devoir rester à la maison avec une jeune fille qui s'occuperait d'elle.

Elle a réalisé alors qu'il y avait neuf mois, jour pour jour, qu'elle avait adopté son enfant. Je n'ai pas compté les mois de bains que nous avons pris ensemble, Stéphanie et moi, mais je me suis demandé plus tard si ce lien physique, ce cordon ombilical que nous nous étions tant efforcées de construire n'a pas rendu plus douloureuse la rupture nécessaire à l'adolescence.

Il y a quelque chose de très fort dans l'amour que l'on construit d'aussi loin, dans ce lien qui s'apparente à celui du mariage (à l'époque où le mariage était sacré), dans ce pacte à vie en l'absence de tout lien du sang.

Stéphanie était différente de tout ce que nous étions.

Grande, maladroite, cassant tout sur son passage, violente, coléreuse, butée, silencieuse ; elle n'aimait pas les dessins, les chansons, les histoires, les amis. Elle voulait des cadeaux, du riz et du poisson, et chevaucher sur les épaules de son papa. Petit à petit, entre les maîtresses d'école, les amis, les grands-parents, sœurs et belles-sœurs, nous lui avons appris à sourire, à canaliser son énergie dans la danse, à écouter, quelques minutes au moins, une histoire.

Elle continuait à se faire remarquer par son mauvais caractère, à refuser systématiquement de ranger ses affaires, à considérer l'école comme une cour de récréation permanente et à oublier ce qu'avec des centaines d'heures de cours particuliers nous tentions de lui apprendre.

A neuf ans, elle était grande et forte. J'acceptais l'idée d'avoir couvé un cygne plutôt qu'un canard de mon espèce. Elle, ne se sentait ni cygne, ni canard. Elle n'eut plus que sa différence comme identité. Elle me rejeta violemment, avec une violence physique, avec une violence verbale. Je ne m'y attendais pas, pris les coups de plein fouet, devins une bête blessée. Pendant toute mon adolescence, je m'étais préparée à fabriquer un bel enfant, je ne buvais pas d'alcool, regardais les beautés du monde, ne fumais presque pas, me développais physiquement et moralement avec la conviction de pouvoir transmettre un jour mes acquis physiques et moraux, par hérédité, à mes enfants. Je n'avais jamais pensé à leur éducation : c'était un autre rôle, une autre vocation. Je n'aimais pas les professeurs ; les gens qui ont des certitudes me paniquent.

Quand, avec mon mari, nous avons découvert que nous ne pouvions pas avoir d'enfants et avons pris la décision d'en adopter un, c'était avec le sentiment que, cet enfant, nous l'aimerions et le traiterions comme le nôtre. Je n'aurais sûrement pas été avec mon propre enfant meilleure éducatrice, mais là, lorsque Stéphanie me disait à tout bout de champ "de toutes les façons, t'es pas ma mère", je n'avais ni la distance et l'habitude d'une éducatrice, ni l'assurance d'une vraie mère qui se souvient de son ventre fier et vivant. Je me laissais blesser.

Petite, Stéphanie ne voulait pas m'aimer de peur de vous trahir, vous, sa vraie mère, qui viendrait un jour la chercher. A un psychanalyste, elle avait raconté qu'elle était un petit chien, passant de bras en bras, mais qu'un jour, sur le paillasson, devant la maison, sa maman l'attendrait. En grandissant, la façon la plus sûre de m'éliminer que trouva Stéphanie fut de prendre ma place auprès de son père. Comme toutes les filles de son âge, mais avec un charme slave, à la recherche encore une fois de ses limites. Le père était charmé. Au lieu d'en être heureuse, de me battre pour conserver ma place et mon amour, je me laissai détruire. Je ne vous raconterai pas mes efforts immenses et maladroits, les éclaircies pendant les vacances au bord de la mer, sur le bassin d'Arcachon où mes parents avaient une maison, dans laquelle j'avais moi-même passé toutes mes vacances et où nous retrouvions, elle et moi, la connivence de l'eau, les temps de pension qui nous permettaient de souffler mais entraînaient Stéphanie dans d'autres dérives : les amitiés de plus en plus néfastes, le rejet de toute scolarité, de nos goûts et de notre culture, de nos amis.

Pendant six mois, nous l'avons envoyée faire des études en Russie. Elle habitait dans une famille amie et nous espérions qu'elle trouverait dans ce pays un rythme de vie, un espace, une pauvreté qui lui permettraient de se forger sa propre vision du monde, sa personnalité. Elle en est revenue totalement désorientée, déboussolée, alcoolique.

Avec son père, mon homme, mon mari, au lieu de partager la douleur, nous cumulions nos détresses. Nous survivions, isolés l'un de l'autre, seuls sur une étrange planète dont nous ne savions pas cultiver la terre, reconnaître le rosier de la ronce.

Je vous en ai voulu, madame, d'avoir si peu désiré cette enfant qu'elle cherche en permanence à se faire rejeter. Je vous en ai voulu comme j'en voulais aux juges, aux policiers, aux enseignants, aux éducateurs, aux membres de ma famille de ne pas m'avoir entendue quand je criais au secours la tête sous l'eau. Quand je voulais juste pouvoir dormir une nuit.

A bout de forces, et sans plus d'espoir, je me suis demandé un jour quelle était ma part de responsabilité dans cette spirale infernale, si ce que je reprochais à ma fille n'était pas en fait dérisoire, si je ne faisais pas d'elle le bouc émissaire de mes difficultés.

Dans le doute et la solitude, j'ai alors décidé de disparaître. Je me suis préparée avec attention, minutie, en organisant chaque détail pour qu'il s'agisse d'un accident et que personne ne se sente culpabilisé. Des inconnus se sont battus pour qu'il en soit autrement.

Un long séjour à l'hôpital m'a permis de me reposer, de dormir, de prendre de la distance, de trouver la force de ne pas me laisser manger le foie par mon petit pélican. Amis et amoureux de Stéphanie ont pris le relais de sa boulimie d'amour et d'autorité, de son insatiabilité de possession, de son anorexie culturelle. Un jour de tendresse, je lui ai demandé pourquoi elle rejetait tant la lecture, l'écriture et l'école, elle m'a répondu qu'elle avait peur que "sa tête aille plus vite que son cœur".

Je lui laisse son rythme donc, et continue d'essayer de la comprendre. C'est peut-être le grand défi de l'adoption, ce métissage culturel, fait de compréhension profonde et de dépassement des grandes différences entre père et fils, entre mère et fille. Je ne sais pas comment j'aurais été avec un fils ; moins rivale et plus satisfaite de n'être que couveuse sans doute. Le combat de coqs aurait eu lieu sous mes yeux entre mon vieux mâle et mon petit. Y aurais-je été mieux préparée ?

Je suis dentiste aujourd'hui dans un dispensaire de la ville et m'occupe principalement des SDF. Leurs dents sont sales et abîmées, leurs regards ne vont pas loin et ils cachent sous une fausse sagesse leur paresse profonde. Et cette paresse, d'où vient-elle ? Ils ne ressemblent pas à Stéphanie, qui, au risque de tout détruire, refuse d'être victime. Elle n'a jamais supporté que je m'occupe d'eux. Jusqu'à son départ aux Etats-Unis, jusqu'à votre lettre en réalité, elle venait régulièrement tout casser au dispensaire. Infirmiers et médecins ne disaient plus rien, ils étaient habitués et pensaient tout bas que j'aurais mieux fait de lui donner une fois pour toutes une bonne raclée. Il y a un engrenage de violence dans lequel je n'ai pas voulu entrer mais mon attitude silencieuse a peut-être été considérée par Stéphanie comme une violence bien plus profonde, je ne sais pas. Mon mari lui aussi a pris de la distance. Il voyage tout le temps, rentre épuisé. Nous avons depuis longtemps cessé de parler, de rire, de danser. Je vis sans autre joie que le sourire d'un homme ou d'une femme dont la douleur s'estompe ou qui retrouve une dent et me dit merci. Ces jeunes hommes ou jeunes femmes qui s'abandonnent à la rue n'ont en fait pas fini de croire au père Noël. Ils comptent sur Dieu, Allah ou la bonne étoile pour les accompagner un peu dans leur renoncement à un monde dont les codes sont trop compliqués, les enjeux illusoires. Et j'ai constaté qu'avec un sourire, une dent neuve ou un pansement, je pouvais donner le petit courage de redépart vers une mairie, une association, un centre de désintoxication.

J'ai remis un jour un bridge à un vieux clochard rencontré au métro Saint-Paul. Une semaine plus tard, il m'envoyait une gerbe de roses. Il habitait boulevard Henri-IV et avait grâce à moi, disait-il, trouvé le courage de rentrer chez sa femme. Ce que je réussis plusieurs fois par jour dans le cadre de mon métier, je n'y suis pas arrivée avec ma fille.

"On ne peut plaire et aimer à la fois", disait Sartre. Il est possible que Stéphanie et moi nous soyons usées à plaire à l'autre de peur de la perdre.

Mais du temps a passé sur les grandes blessures, nous sommes vivantes l'une et l'autre. Nous avons tout fait pour couper à coups de hache, de sécateur, de pince et de rayon laser le cordon ombilical artificiel que nous avions bâti. Nos corps en gardent des marques indélébiles mais se reconstruisent peu à peu. Si j'ose vous écrire, c'est qu'il me semble qu'une étape reste encore à franchir, que ce n'est qu'après vous avoir vue, après avoir reconnu les gestes, les odeurs, les traits qu'elle attend depuis la naissance qu'elle acceptera mieux d'avoir été aimée et choyée par des parents adoptifs bien différents d'elle. Rassurée, enracinée dans la vie, elle aura alors la possibilité de devenir mère à son tour.

Vous trouverez ci-joint son adresse à Portland et j'espère qu'elle viendra en France pour Noël.

Je vous prie de croire à mes sentiments les meilleurs.

COLETTE BOUVIER

STÉPHANIE BOUVIER
A
COLETTE BOUVIER

Portland, USA,
le 17 octobre 1997

Maman, c'est quoi cette histoire ? Comme ça tu me téléphones l'air de rien pour m'annoncer que tu as écrit à ma mère biologique ! mais t'es dingue, inconsciente ou quoi, t'es un monstre. Déjà que t'es pas ma mère, en plus tu vas te mêler d'aller raconter je ne sais quoi dans mon dos à la femme qui m'a abandonnée le jour de ma naissance. Je suis tellement furieuse que je pourrais tuer quelqu'un, tout de suite, et toi la première, si tu étais là. C'est bien la peine que je parte au bout du monde, dans un bled pourri, avec un job débile où je me fais chier à vendre à des touristes à la con des bouteilles dans lesquelles sont enfermés des bateaux, des savons à la pomme granny, et des pierres sur lesquelles sont gravées des sentences nulles, et toi, tu te radines la bouche en cœur, allô ma chérie, j'ai écrit à ta mère biologique, on ne pouvait pas la faire attendre plus longtemps après le courage qu'elle a eu de te donner de ses nouvelles ! Tu oublies qu'elle a mis vingt ans à m'en donner des nouvelles... Et ces vingt ans-là tu crois que ça se rattrape comme ça ? que ça se rattrape un jour ? Eh bien non, ces vingt ans-là, ils se rattraperont jamais. Toi, pendant ce temps, tu jouais à la maman. Mais moi, tu y as pensé, à moi ? Tu crois que c'est agréable d'être une poupée pendant vingt ans avec laquelle on fait semblant d'être une maman ? Tu y as pensé, à moi, pendant ces vingt ans ? Et si tu trouves si important d'écrire à ma mère biologique, pourquoi tu l'as pas fait plus tôt ? T'aurais pu toi aussi faire des recherches et lui raconter dans mon dos que j'avais perdu une dent de lait, puis ma virginité, et puis que j'accumulais en classe les zéros pointés. Si tu l'as pas fait, c'est quand même qu'elle te semblait pas si importante cette mère-là, alors qu'est-ce-que c'est tout à coup que cette histoire d'un an ? La preuve, je suis partie depuis un an et ça m'a valu quelques lettres, quelques numéros de *Elle* par courrier lent, un coup de téléphone de temps en temps. Tu vois, tu te donnes toujours bonne conscience, et ta conscience elle te protège mais surtout elle t'aveugle. Elle t'AVEUGLE, ta conscience, et de toute façon tu penses à tout le monde avant moi : à papa, aux clodos, et maintenant à cette pauvre chérie à laquelle on n'a pas répondu tout de suite. Propose-lui donc de lui changer toutes ses dents, ça prendra plus d'un an, ça vous en donnera du temps !

Le 19 octobre

Bon, avant-hier je me suis arrêtée au milieu de ma lettre. Je t'en voulais tellement que j'ai tout cassé dans l'appartement.

Les vitres, les portes, le balcon.

Je ressentais comme le jour où j'avais voulu te trancher la gorge avec le sabre de papi. John, qui ne m'avait jamais vue dans cet état-là, n'en revenait pas. Il m'a emmenée de force dans la crique la plus proche et m'a jetée à l'eau tout habillée. L'eau était glacée. Mon jean lourd et collant me gênait pour nager. Mais ça m'a calmée.

Le soir, nous nous sommes empiffrés de maïs et de *clam chowder* dans un petit restaurant comme papa et toi les aimez.

Le soleil se couchait avec la même intensité qu'au Cap-Ferret, se dédoublait dans les vitres, comme une orange sanguine qui tombe au ralenti dans la mer et s'y dissout en y laissant une trace de mauve et de nostalgie. Tu vois, je reconnais qu'il y a une chose que j'ai toujours partagée avec toi, c'est l'eau.

Je me souviens encore des bains de mousse dans tes bras, des bains que tu nous donnais en chantant, les soirs où les cousins venaient dormir à la maison, des plongées sous-marines avec papa quand nous pêchions des tourteaux, des bouquets ou des oursins pendant que tu attendais sur le bateau en regardant au loin.

Après ma colère et ma baignade forcée, nous avons parlé toute la nuit avec John. Contrairement à mon psy, il n'attend pas que je trouve toute seule d'où viennent mes problèmes. Il me pose des questions, me fait raconter mon enfance, fait sans arrêt des commentaires qui m'énervent mais je ne le lui dis pas. De toutes les façons, il m'aide. Il m'a offert un cahier et un stylo et m'empêche de me coucher avant d'avoir écrit deux lignes, *a nice sentence*, comme il dit, et le mot *sentence* me fait l'effet d'une peine de mort. Pourtant, je suis en train de raconter dans mon cahier tout ce qui m'est arrivé entre mon premier et mon dernier "joint". Mais je sais que mes bêtises et mes angoisses avaient commencé bien plus tôt. Tu te souviens, quand je faisais le cochon pendu toute nue au balcon du quatrième étage pour voir si ça ferait crier les sourds-muets d'en face ?

Tu m'avais appelée d'une petite voix douce en m'offrant des bonbons et quand j'étais rentrée dans ma chambre pour chercher les bonbons, blim blam ! la gifle que j'avais reçue ! Maintenant ça me fait rire mais à cette époque-là je t'en avais voulu, mais voulu ! Et je t'avais volé des boucles d'oreilles que j'avais vendues à mon prof de gym, et avec les sous, mes copines et moi, nous nous étions gavées de Mars chez Mme Bonbon.

Tu te souviens du jour où, avec Valentine, nous avions décidé d'escalader en secret une immense meule de foin en Normandie chez l'oncle Vincent ? Nous avions pris dans la ferme une corde et des couteaux qui devaient nous servir de piquets, comme nous l'avions vu faire dans des films d'escalade. Nous étions descendues très profond dans un puits au milieu du foin, et nous nous étions fait très peur. J'avais aidé Valentine à remonter et quand elle était arrivée en haut elle avait déplacé la corde et perdu l'issue. Paniquée, elle avait couru vous chercher.

Je me souviens de ton calme, de ta voix douce pour me guider et cette fois-là tu étais si soulagée de me retrouver que tu avais oublié de m'engueuler.

Tu te souviens de mes accidents dans la cour de l'école ? Je ne sais pas pourquoi, je me faisais mal tout le temps, je tombais sur la tête, sur le bras, sur le coude et me cassais toujours quelque chose. La directrice te téléphonait. Tu arrivais cinq minutes après et tu suivais la voiture des pompiers jusqu'à l'hôpital Saint-Vincent-de-Paul, où mon dossier épaississait, sans avoir le temps d'être classé.

Je ne crois pas que je me faisais mal pour que tu viennes t'occuper de moi. Je me faisais remarquer à l'école en étant la plus casse-cou, la plus mauvaise élève, la première à sauter les cours, à narguer les professeurs, à voler des pièces dans les troncs des églises, à taguer les murs, à fumer des joints, à boire du whisky et à entraîner un groupe de filles qui m'admiraient dans un monde que je m'inventais et dont j'étais le chef.

Je t'en voulais de ne pas comprendre à quel point il est difficile d'être différente, d'être blonde aux yeux bridés, de mesurer un mètre soixante-quinze à dix ans, de tout casser dans ton univers de porcelaine, dans lequel tu ne supportais pas le moindre désordre ni la moindre trace de pas sur la moquette.

La seule qui me comprenait, c'était mamie. Elle était sévère mais elle me faisait rire avec son accent italien, sa façon de parler sans arrêt, encore plus que papa, de s'affoler pour le moindre petit bobo, de tricher au Monopoly en disant qu'elle n'y comprenait rien puisqu'elle était socialiste ; j'adorais ses spaghettis au thon et ses brochettes de fruits grillés et quand elle me disait que je la fatiguais, qu'elle me demandait d'aller jouer plus loin, je ne le prenais pas comme un rejet mais comme une réaction naturelle. Toi, tu n'étais pas ma vraie mère, mais elle, elle était ma vraie grand-mère. Quand elle est tombée malade, je t'en ai voulu de t'occuper d'elle. Mamie était à papa et à moi, pas à toi.

Aujourd'hui, je suis plutôt contente que vous vous soyez entendues, et puis, dans le fond, je m'en fous. Ça ennuie mon psy quand je dis je m'en fous, pourtant c'est vrai. Et puis cette lettre, je ne l'enverrai peut-être pas. Elle est bourrée de fautes d'orthographe et ça va t'énerver.

Tu vois il y a des moments où je me demande pourquoi vous m'avez adoptée.

Je ne te l'ai jamais raconté, mais quand j'avais douze ans, je suis montée en haut d'un immeuble en construction près de la gare Montparnasse, et j'ai décidé de me laisser tomber dans la rue. J'ai attendu longtemps et je n'ai pas pu, je ne sais pas pourquoi. Puisque j'en suis aux confidences, je vais te raconter la plus grande preuve d'amour que je t'ai donnée.

C'était à Tachkent. Je commençais à m'intégrer dans le pays et racontais à tout le monde que j'étais moitié russe, moitié chinoise, que mon père était diplomate en France où j'étais née. Quand tu es venue me voir, j'ai osé dire à mes copains que tu étais ma mère.

Déjà que tu ne faisais pas très russe, tu ne pouvais pas du tout passer pour une Chinoise, et en disant que tu étais ma mère je me privais de la visite de papa, qui, lui, devait obligatoirement être le Chinois. Il est vrai que “Mamouchka”, ma mère russe, te faisait une telle fête, que tous ses amis t’aimaient, que tu leur avais soigné les dents… Même sans ça, je me suis sentie bien dans ce pays, avec de grands espaces, la place de bouger, la vodka à profusion. Grâce à l’argent que tu donnais à ma “famille” pour ma pension. Je ne faisais rien que boire et danser et parler avec “Mamouchka”.

J’avais renoncé au bout de trois jours à suivre les cours auxquels vous m’aviez inscrite. Je m’endormais sur les genoux de ma mère russe. Sa chaleur et sa lenteur me réconfortaient. Elle réussissait quand même à me faire faire la vaisselle, chercher le pain et plumer les poulets.

J’ai pris des kilos mais c’était la première fois que je me sentais exister, sans avoir à me comparer à vous, sans avoir à vous ressembler pour être acceptée. Je me sentais russe, mongole, et trouvais là mes racines profondes.

J’ai quand même été contente de vous retrouver papa et toi et les cousins à Roissy, d’enlever mes godasses avant de mettre les pieds sur ta moquette et de suivre ton régime amaigrissant.

Je ne peux pas m’empêcher d’avoir envie de te ressembler.

John pense qu’il est temps que je cesse de me comparer à toi, que je coupe mon cordon ombilical. Mais il ne peut pas comprendre que sans ce cordon rien ne me relie à la vie.

Même si j'ai l'air calme aujourd'hui, si je décolère en t'écrivant (tu reconnais que je t'ai jamais dit autant de trucs importants d'un coup), plus j'avance dans cette lettre, plus je t'en veux d'avoir écrit à cette femme qui m'a fabriquée, comme tu dis. Je commence à peine à bâtir ma vie et je ne peux le faire qu'à partir de mon enfance avec papa et toi, alors si tu te mets à te mêler de mon histoire d'avant vous, tu vas voir comment je vais te rejeter, comment tu vas foutre en l'air tous les efforts que je fais pour t'accepter, toi, ton parfum, tes airs trop gentils, tes clients, ta roulette, ta façon de t'habiller bourge, tes amis qui te font la cour pendant que tu laisses papa tout seul.

Bon, je sens que tu vas faire la gueule en lisant cette lettre, que tu vas te sentir coupable, que tu vas chialer et que moi je me sentirai si mal que mon psy me dira comme John, largue-la, et que si je le faisais je me retrouverais dans une spirale d'abandon.

Le mot spirale, c'est toi qui me l'as appris. Il est associé dans ma tête au nom de Chris Marker. Je ne sais pas qui c'est d'ailleurs. Ces gens ne m'intéressent pas. Ils me font sentir inférieure. En plus le mot SPIRALE me touche, me fait peur, je ne sais pas pourquoi. J'y penserai dans mon cahier.

Quand papa est venu à Boston, on a bien rigolé. Il m'a fait découvrir des petits restaurants, il m'a offert un manteau et un collier dont je rêvais depuis trois mois. Il m'a demandé de ne pas t'en parler, il a peur que tu sois jalouse. Mais je sais bien que tu n'aimes que ton boulot avec les prothèses et les clodos.

Je vais peut-être avoir un petit chat. Tu te souviens de Mistigri qui dormait sous tes pieds à chaque trajet en voiture et de Rusty, qui avait peur des crabes à la marée montante, courait en biais comme eux, en faisant des bonds de côté et dormait sous ma tête et me léchait les joues quand je pleurais ? Et du chat de Rosine qui se cachait sous le lit pour ne pas dormir dehors ?... Mon problème est que je ne sais pas si j'aurai la patience de le supporter, de lui donner à manger tous les jours, de changer sa caisse. Et si je ne le supporte pas, je voudrais bien ne pas l'abandonner. Si tu vivais ici, je pourrais te le déposer mais tu ne vis pas ici, et c'est bien ce que j'ai recherché.

Ici, je respire. Je peux faire du bruit dans l'appartement, marcher avec des sabots en bois, mettre la musique à plein volume ; les étudiants de dessous font pareil. Nous partageons une douche, à mi-hauteur dans la maison. C'est eux qui la nettoient parce que, le matin, c'est moi qui bosse.

Quand je rentre à quatre heures, je suis épuisée, j'ai mal aux jambes, je me mets devant la télé et dévore le feuilleton le plus débile en me disant que c'est bon pour mon anglais et pour comprendre la psychologie des gens de ce pays. Je ne sais pas combien de temps je vais y rester.

Quand j'étais petite, tu me faisais dessiner des messages pour Jennifer, la cousine d'Amérique. Nous les mettions dans des bouteilles vides et bien fermées que nous lancions à la mer au Grand Crohot. Jennifer n'a jamais reçu nos messages mais je me demande parfois si je ne suis pas ça, moi, un message dans une bouteille, passant de mains de marins en mains de marins et j'attends qu'un jour un marin garde la bouteille et son message, pour la vie, parce que ce sera son destin et le mien.

En tout cas, John ne m'a pas dit qu'il était le but de mon voyage, qu'il allait m'aimer pour la vie. D'ailleurs il ne dit rien. L'opposé de papa. Il me fait rire, papa, tellement il parle, gesticule, tellement il est soupe au lait, te traite de tous les noms quand il ne trouve pas la cravate assortie à ses chaussettes puis danse avec moi sans cravate pour faire jeune et décontracté. Il est "trop", papa, je l'adore et ne sais pas comment tu as pu le supporter. Maintenant que vous allez bientôt avoir cinquante ans, je n'ai plus peur que vous divorciez. Je crois qu'avant je ne l'aurais pas supporté.

Quelquefois je pense à votre mort. Je flippe, je pleure, je me fais tout un cinéma.

Je me console en imaginant ce que je ferai de votre appart quand je l'aurai repris, comment j'abattrai toutes les cloisons pour le transformer en grand atelier mais je le vendrai sans doute pour ne pas avoir à détruire ta décoration à toi.

Enfin, pour le moment, je suis heureuse que vous soyez vivants. Tout ce que je te demande c'est de ne pas t'occuper de ma vie.

De ce côté de l'Atlantique, j'essaie de comprendre ce que je suis vraiment, si le Maine et le Vermont me touchent autant parce qu'ils me rappellent mes vacances d'enfance au Cap-Ferret ou parce que j'ai dans mes veines des siècles de gènes d'arrière-grands-pères norvégiens ayant scruté la mer au loin, ou des siècles de grands-mères vietnamiennes ayant regardé, du port de Haiphong, partir les bateaux et les hommes.

J'essaie de savoir où doit s'arrêter ma soumission à votre conception du monde, et où peut commencer ma révolte. Pour cela, j'ai mis entre nous un océan mais cet océan nous rapproche, tu vois, il est le même Atlantique de ton côté et du mien. Tes dunes ressemblent à celles d'ici et les vagues m'amènent tous les jours mon enfance à marée montante.

Je t'enverrai par la prochaine marée des milliers de baisers brillant sur les crêtes.

Quand je serai un peu plus grande en moi-même, et que j'aurai rencontré ma mère biologique, mais oui maman j'y arriverai, m'attendra sans doute *encore une mer à traverser* (Césaire, tu vois que je n'oublie pas tout). Deux mères, deux mers, et deux traversées, cela demande du temps, c'est mon histoire, laisse-la-moi. Ce n'est qu'après que nous pourrons parler de "métissage" comme tu dis et que je pourrai mettre au monde un enfant, sur une rive qui porte un nom.

Je vous embrasse très fort, papa et toi.

STÉPHANIE

ANNE VALLIO
A
COLETTE BOUVIER

Bourg-la-Reine,
le 24 mars 1998

Madame,

Pardonnez-moi de ne jamais avoir répondu à la lettre que vous m'avez adressée. Je suis lente dans mes réactions. Peut-être à cause de mes origines et peut-être parce que élevée par une grand-mère au rythme assagi.

Je prends en tout cas beaucoup de temps pour comprendre ce que je vis et y trouve mon équilibre.

Comme vous le savez sans doute, j'ai rencontré Stéphanie le mois dernier et ne réalise pas encore très bien ce qui m'est arrivé. Elle m'avait dit qu'elle avait quitté les Etats-Unis, se sentant trop loin de vous et trop inquiète pour votre santé.

Ma grand-mère est en train de mourir. La vie et la mort me prennent de court et je suis aujourd'hui incapable de vous téléphoner, encore moins de vous rencontrer. Permettez-moi seulement de vous souhaiter une bonne guérison.

Ma fille est la vôtre, elle vous aime, elle a peut-être besoin de nous deux pour devenir elle-même comme vous me l'écriviez l'année dernière. Je suis lente, voyez-vous.

Pour le moment je m'occupe de mon fils qui veut devenir médecin, de ma boutique qui doit garder une qualité bien différente des grandes surfaces, et de ma grand-mère qui a cessé de faire la folle et a peur de l'infini.

Un jour sans doute nous rencontrerons-nous.

Bien à vous.

ANNE VALLIO

ANNE VALLIO
A
PATRICK VALLIO

Le 17 juin 1998,
dans l'avion

Mon fils, mon grand,

Merci de m'avoir accompagnée à Roissy. Lorsque j'ai vu ta Twingo s'éloigner, mes jambes se sont ramollies, j'ai cru qu'elles ne me portaient plus, l'expression "comme du coton" m'a soudain paru très réaliste…

J'ai tout de même tiré ma valise, montré mon passeport, acheté une petite bouteille de *Vol de Nuit* au *duty-free shop*, avant d'être engloutie dans les boyaux de l'aéroport jusqu'à cet avion d'où je t'écris.

Une hôtesse a mis un petit tabouret avec un coussin sous mes pieds, m'a offert un verre de champagne et des olives. Je suis assise près de la fenêtre, il n'y a personne au centre à côté de moi. A gauche, le siège de l'allée est occupé par un homme d'environ quarante ans, roux, qui n'arrête pas de taper sur son ordinateur portable. Il ne tape pas d'ailleurs, il palpe les touches avec précision et rapidité, sans la moindre hésitation apparente. Il a dans la bouche un chewing-gum qu'il ne mastique pas de façon vulgaire, qui glisse régulièrement d'une joue à l'autre. Je m'accroche à tous ces détails pour ne pas avoir le vertige devant les nuages, le vide sous l'avion, la rencontre qui m'attend.

Et quoi qu'il m'arrive, je voudrais que tu saches bien à quel point je suis fière de toi, ai confiance en toi et te suis reconnaissante pour ta discrétion et ta gentillesse ces derniers mois. La mort de mamie a été moins douloureuse pour moi que pour toi sans doute. Tu perdais une très vieille grand-mère qui t'avait chéri, élevé, encouragé dans tes études, qui t'avait transmis sa force vitale, avec laquelle tu avais passé des heures à hurler devant les matches de foot à la télé.

Je souris en pensant au jour de ses quatre-vingt-douze ans, où tu lui avais fait fumer un joint et jouer au bridge sur Internet. Pour moi, elle était une mère qui n'était pas tout à fait la mienne, qui m'a élevée en décalage avec mon temps. Je l'ai aimée avec une forme de décalage aussi, fait d'attention, de distance et de nécessité. Je l'ai accompagnée au bout de ses forces et des miennes. Dieu sait combien de tendresse je garde en pensant à elle, mais elle aura été une grand-mère pour moi, pas une mère. Pour toi, qu'elle fût grand-mère ou arrière-grand-mère ne changeait pas grand-chose il me semble.

Le choc le plus important pour moi, tu l'as compris même si nous n'en n'avons pas encore parlé, a été ma rencontre avec Stéphanie. Ce jour-là, j'avais tellement peur de son regard, de ma propre réaction et de la tienne, que je t'avais demandé de rester dans ta chambre.

Elle a sonné, mon cœur tapait si fort qu'il résonnait dans mes oreilles comme les cloches d'une cathédrale à l'intérieur d'un clocher fermé. J'ai ouvert la porte, je l'ai vue, j'ai fermé et réouvert les yeux et nous nous sommes reconnues. Cette grande fille m'a serrée dans ses bras en disant “maman”, elle pleurait. Je pleurais aussi. Nous avons fait du thé, dans la cuisine. Elle a pris la bouilloire avec précision. J'ai allumé le gaz, surpris son regard étonné devant ma façon de craquer les allumettes.

Elle a attendu que l'eau soit sur le point de bouillir, a ôté la bouilloire du feu que j'avais allumé. Nous ne pouvions toujours pas dire un mot. Je lui ai tendu deux sachets de thé, elle en a enlevé les étiquettes en papier, a ébouillanté la théière que je lui tendais, a vidé l'eau, a jeté les sachets, attendu que le thé respire avant de les recouvrir d'eau bouillante. Ses gestes étaient méthodiques. Je me suis gratté le nez avec l'auriculaire comme je le fais souvent et son regard est devenu si lourd et douloureux que j'ai écourté mon geste. “Continuez, continuez, a-t-elle dit, ce n'est pas grave." Et cette façon qu'elle avait de prononcer "ce n'est pas grave" rendait la situation tout à fait dramatique, sans que je comprenne pourquoi.

Elle m'avait appelée maman, me vouvoyait, je devais rester simple, silencieuse, à son écoute. Nous avons bu notre thé sans dire un mot. J'étais émue par sa beauté, par sa force. Je trouvais qu'elle ressemblait plus à mamie qu'à moi, que vous aviez des points communs elle et toi, et malgré toutes ces pensées elle me restait étrangère. Elle me demanda : "Pourquoi avez-vous fait ça ?" Je reçus ce "ça" comme une balle en plein ventre. J'ai répondu que je lui avais tout dit dans ma lettre deux ans auparavant, que je n'en savais pas davantage moi-même, que j'étais heureuse de la rencontrer. Voulait-elle faire ce jour-là ta connaissance ? Tu étais dans ta chambre. Elle répondit que non. Elle préférait partir.

Nous n'avions pas grand-chose en commun, sauf, et elle me sourit nerveusement en le disant, nous gratter le nez. Nous étions maladroites l'une en face de l'autre. je lui dis qu'elle pouvait venir quand elle le voulait. "Ma mère est très malade en ce moment. Elle a un cancer. C'est pour elle que je suis revenue des Etats-Unis et c'est à elle que je vais consacrer du temps. Mais j'avais besoin de vous rencontrer." Elle partit en me faisant un signe de la main.

La grande embrassade des retrouvailles avait fait place à la pudeur de la distance du temps. J'ai agité longtemps la main dans sa direction vers l'arrêt du bus, elle s'est retournée une fois. Ma main était en l'air et j'ai espéré qu'elle en soit touchée. Mais je devais m'efforcer d'accepter cette distance que j'avais créée, la libérer, l'autoriser à entourer une mère adoptive aimante depuis toujours, laisser à cette branche de lierre que j'avais coupée à la racine le temps de pousser vers plusieurs fenêtres.

Est-ce à cause de la mort de mamie ou grâce à ma rencontre avec Stéphanie que je suis en ce moment dans l'avion pour Saïgon ?

Mamie avait pris la place de ma mère et je m'interdisais de lui être infidèle, de chercher plus loin une autre mère. Et la rencontre avec une grande fille née de ma chair, de mon sang, de ma jeunesse, de mon inconscience, m'a donné la force peut-être de retrouver ma vraie mère, celle qui m'a eue dans son ventre, fabriquée d'amour ou d'instinct, élevée pendant trois ans et a accepté de me perdre. Je vais la chercher et peut-être la retrouver comme j'ai retrouvé Stéphanie.

Dans l'avion, tout le monde en ce moment regarde un film américain tourné sur une plage avec des cocotiers et de belles filles pulpeuses. La peur physique de retrouver mon pays et ma mère est fulgurante et m'anéantit... Si je ne reviens pas de ce voyage inouï pour moi, si mon cœur flanche autant que mes jambes et que l'on trouve cette lettre sur moi, sois sûr au moins d'une chose : à part Stéphanie je ne t'ai jamais rien caché, ni à toi, ni à ton père.

Quand j'ai rencontré ton papa à Bilbao, nous apprenions, Mireille et moi, à monter à cheval sur la plage. Mireille avait déjà fait un peu d'équitation en Camargue, moi jamais et je ne suis pas très dégourdie, comme tu le sais.

Un matin, mon cheval s'est brusquement échappé à toute vitesse et plus je serrais ses flancs, plus il galopait et fonçait vers la mer. Je hurlais, accrochée à sa crinière. Quand il est arrivé dans les vagues, j'avais moins peur de tomber dans l'eau que sur le sable. Je me suis détendue et le cheval aussi. J'étais trempée mais nous sommes rentrés tranquillement au club, où nous étions attendus. Mireille riait aux éclats devant mes prouesses. Un garçon petit, râblé, à l'œil vif, me dévisageait et me demanda comment j'allais, si je n'avais pas eu trop peur

“Un peu.

— Je vous offre un diabolo menthe.”

Il m'a aidée à soigner le cheval, et lui a glissé à l'oreille : “Merci de l'avoir ramenée en bon état.” C'est comme ça que j'ai rencontré ton père. Il terminait ses études commerciales à Lyon.

A Aix-en-Provence, o'pa, o'ma et tante Nadine vivaient dans la maison que tu connais mais qui, à cette époque, avait un charme désuet qui m'avait touchée... Pendant un an, il vint me voir une fois par mois à Bourg-la-Reine. Mamie allait chez le coiffeur pour l'occasion, faisait venir une femme de ménage, m'offrait robe et chaussures et veillait à ce que je sois attirante et présentable.

Daniel me regardait avec des yeux tendres et protecteurs et n'attendait que de se trouver dans mon lit. Après avoir dîné poliment à la maison, il nous disait au revoir et faisait semblant d'aller prendre le bus. Dès que mamie dormait, j'ouvrais ma fenêtre et lui faisais signe. Il montait par la gouttière jusqu'à ma chambre au premier étage. C'est un bon souvenir...

Après notre mariage à Aix, que je t'ai raconté cent fois, et ta conception au milieu des lavandes, je t'ai attendu avec un bonheur profond et simple. A toi tout seul dans mon ventre, quelquefois, j'ai raconté l'histoire de ta grande sœur, morte peut-être ou adoptée, que tu ne remplacerais jamais mais qui ne m'empêcherait pas de t'aimer toi, à part entière. Sur ton ventre de nourrisson, j'ai souvent versé des larmes en réalisant tous ces gestes, toutes ces tendresses que je n'avais pas donnés à une petite fille que je n'avais pas assumée.

En t'achetant un jean et une chemise Lacoste, j'ai un jour éclaté en sanglots : j'avais soudain envie d'offrir à ma fille une robe. Une robe en soie, où qu'elle soit dans le monde. Daniel, à qui j'avais dit que j'avais fait une fausse couche, comprenait mes moments de détresse, m'entourait de tendresse et s'émerveillait tellement devant son "petit bonhomme" qu'il espérait le bonheur communicatif. Ton père et moi, Patrick, nous avons ri, dansé, rencontré des amis, nous t'emmenions partout avec nous, d'abord dans un couffin puis en pyjama puis tout habillé comme un grand, l'hiver à Paris, l'été à Aix-en-Provence où nous retrouvions les amis brocanteurs auxquels tante Nadine ne résistait jamais, à Pâques dans les Alpes, à Noël à Bourg-la-Reine où mamie réunissait la famille. J'ai aimé cette époque, notre petit appartement du faubourg Saint-Antoine, ton école, ton collège, tes entraînements de foot et de judo auxquels Daniel t'accompagnait avec fierté.

Je n'aimais pas mon travail de comptable à mi-temps au BHV mais ce n'était pas loin de chez nous et cela me permettait de faire faire le ménage de la maison deux fois par semaine par Mme Martineau, d'acheter du parfum et des sous-vêtements en soie, mon vrai luxe personnel…

Pour le moment, la boutique de sous-vêtements ne me manque pas du tout. J'espère qu'Armelle trouve son rythme, son style, me remplace avec persévérance. Sois gentil d'y faire un tour de temps en temps mais de limiter tes astuces sur les lingeries et l'anatomie des dames. Je ne suis pas là pour rassurer les clientes après ton passage.

Si tu emménages au premier étage, dans l'appartement de mamie, comme tu l'envisageais, mets tous ses meubles et bibelots dans ta chambre actuelle. L'un d'eux ira peut-être à Stéphanie.

L'hôtesse m'apporte un plateau. Nous volons au-dessus de l'Egypte, paraît-il, j'ai une bête envie de pleurer et de rentrer à la maison ; mais ne t'inquiète pas, je vais faire face.

Je t'embrasse tendrement.

MAMAN

COLETTE BOUVIER
A
SA SŒUR, JULIE NÉDELEC

Paris,
le 28 octobre 1998

Julie,

Te souviens-tu, lorsque nous étions petites et qu'en vacances au Cap-Ferret nous allions à la pêche aux palourdes à marée basse ? Tu repérais les trous, deux par deux, et calculais la taille de la palourde à l'espacement des trous, tu plongeais deux doigts et gagnais la plupart du temps ton trophée. Moi, je prenais le temps de chercher un terrain propice, moitié vase et moitié sable, recouvert d'herbes si possible, et à quatre pattes, à l'aide du coussinet de mes doigts, je palpais le sol sous les flaques d'eau salée, laissais à leur vie les petites palourdes, sortais les moyennes et les grosses, et remplissais des seaux entiers sous ton œil énervé par la réussite de ma méthode primitive.

Il y a six mois, quand, sentant le terrain propice, j'ai palpé mon sein gauche et quand, coussinets exacerbés, j'ai trouvé des boules sous ma peau, j'ai d'abord paniqué, puis pensé aux palourdes… je me suis tout de même précipitée chez le radiologue, ai rudoyé la pauvre "photographe" qui me faisait hurler de douleur en aplatissant mes seins pour les radios. L'échographie que je suivais avec attention ne laissait aucun doute, les phrases sucrées et réconfortantes du radiologue encore moins.

Cela t'étonnera peut-être mais l'annonce de cette "invasion des palourdes" ne m'a pas étonnée. Depuis deux ans j'avais baissé les bras.

Baissé les bras devant une fille trop blessante, matérialiste et différente de moi, baissé les bras devant un mari trop absent, trop peu amoureux, trop différent du jeune homme bavard et courageux qui me faisait la cour il y a vingt ans, baissé les bras devant les dents, les dentiers, les bouches pestiférentes, la routine, les charges sociales exorbitantes, les paperasseries infinies, le découragement organisé par les politiques au nom d'un socialisme petit-bourgeois débilitant, baissé les bras devant toute quête d'un Dieu qui ne soit pas assorti d'un Mal aussi dense que Lui. J'avais perdu l'envie de danser les pieds dans la "hagne" au risque des coupures de coquilles d'huîtres, je laissais les autres me danser dessus, la hagne c'était moi. Et, dans la hagne, poussent les palourdes…

Ma fille change. C'est en grande partie pour elle que je t'écris. Quand elle a quitté les Etats-Unis pour venir me voir, elle pensait s'absenter un mois environ. Mais quelques jours après son arrivée, son ami John lui a annoncé qu'il repartait vivre avec son ancienne *girlfriend*. Stéphanie a fait semblant d'accuser le choc sans détresse, "un de perdu, dix de retrouvés", mais je crois que le fait d'avoir à me perdre pour de vrai lui a rendu plus évidente sa difficulté à fixer ses sentiments sur un être, son attention sur une idée, son temps sur un travail.

En même temps c'est aujourd'hui que ma fille m'accepte telle que je suis. Cela la rend sereine et devrait l'aider à bâtir sa vie avec un homme. Vous êtes au courant de sa rencontre avec Hadrien, vous le connaissez mieux que nous puisqu'il est depuis longtemps ami de Matthieu ; sa délicatesse et son humour me touchent énormément et je suis moi-même apaisée en profondeur de sentir ma fille heureuse, rayonnante même.

Ils sont venus tous les deux me dire qu'ils souhaitent se marier le plus vite possible. Ils espèrent, je pense, que je sois vivante ce jour-là. Mais tu sais, Julie, je ne le serai pas. Je suis un très bon terrain à palourdes. Il est trop tard pour séparer la vase du sable. Et si je regrette aujourd'hui de ne pas connaître mes petits-enfants, de ne pas voir refleurir les champs de lin en Normandie et les mimosas sur le bassin, de ne pas même imaginer les dents virtuelles qu'un jour on implantera, c'est un peu tard et je suis fatiguée. Pourtant, j'aurais tellement voulu organiser le mariage de Stéphanie.

Julie, le but principal de ma lettre est de te charger du mariage de ma fille. Quand Stéphanie était bébé, Bruno et moi étions partis quelques jours à New York et l'avions confiée à papa et à maman. Mais avant, nous vous avions demandé à Nicolas et à toi, en cas d'accident, de l'élever parmi vos enfants (et nous étions engagés à faire la même chose pour vos cinq énergumènes !).

Aujourd'hui je vous demande d'aider Bruno à faire du mariage de Stéphanie une grande fête ; comme je serai enterrée à Paris, il vaut mieux qu'elle se marie au Cap-Ferret.

La maison y est remplie des bons souvenirs. Ne viendront que les vrais amis et avec huîtres, saucisses et cannelés, les assiettes en carton passeront très bien et vous rappelleront les "boums" de notre jeunesse. Ce sera un peu dur pour papa et maman qui se souviendront de mon mariage avec Bruno, ce sera un peu dur pour Bruno…

Il est aux petits soins avec moi en ce moment, même si, je le sens bien, il prépare sa vie d'après moi.

Mais tout ce que je te demande c'est de réunir notre famille et celle d'Hadrien sans tristesse et sans cancans afin que Stéphanie sente, le jour de son mariage, que si sa maman adoptive est morte, toute une famille l'a depuis longtemps adoptée.

Après, il vous reviendra d'accueillir la nouvelle femme de Bruno. Ce sera important pour Stéphanie. Et puis, les vies suivront leurs cours. Serai-je cachée dans une mouette pour vous contempler et vous faire rêver ?

Je serai dans l'océan du temps. Prenez, vous, tout votre temps, avant de m'y rejoindre, et toi, ma Julie, vis longtemps.

COLETTE

STÉPHANIE BOUVIER
A
JOHN PERRY

Paris,
le 17 janvier 1999

Hi Johnny,

I am going to write in French ; too much to tell and too hard to say it in English. And your French is great anyway ; your letter après la mort de maman m'a tenu chaud, fait vie, moquée du temps…, merci. I couldn't imagine and you wouldn't figure out how la maladie de maman m'a fait mal.

Tout le monde, depuis, me dit que j'ai changé. Ce que je sais, c'est que les premières semaines, quand je lui tenais la main, sentir ses doigts si maigres m'impressionnait. Je sortais de sa chambre et j'avais mal au cœur comme elle. Je maigrissais comme elle, je me sentais entraînée, comme un bois flotté dans un fleuve qui débouchait nécessairement sur la mort. Et puis, petit à petit, j'ai admiré ma mère, pas comme la déesse de mon enfance qui ne pouvait ensuite que me décevoir mais comme une femme courageuse qui faisait venir le coiffeur à la maison pour rester belle, qui me demandait de lui épiler quelques poils de moustache quand elle tremblait trop, qui souffrait en silence et ne voulait pas du paradis artificiel des médicaments et souhaitait vivre de vie les dernières semaines de sa vie. Comme la nuit elle avait peur ou mal, nous nous sommes relayés papa et moi pour dormir dans sa chambre une nuit sur deux.

Pour la première fois, je me suis sentie forte et responsable. Elle ne voulait pas que papa et moi nous occupions de sa toilette, et j'ai trouvé seule une infirmière qui a pu venir à la maison. J'ai été voir le chirurgien de maman pour qu'il m'explique ce qu'elle avait, ce qui allait se passer, et me suis sentie plus courageuse que papa. Nous avons parlé de sa mort avec maman. Elle ne croyait à aucun Dieu, à aucune réincarnation, et était convaincue que les particules dont elle était constituée retourneraient éparpillées dans l'univers, mais "avec un petit plus". Et ce "petit plus", elle cherchait à savoir s'il était transmissible sur terre ou dans l'espace, à moins qu'il ne soit intégré dans les statistiques du monde, pour faire face aux "petits moins".

Un jour, en riant, elle m'a dit que l'expansion du cosmos était peut-être due à toutes les prières des hommes.

Elle se demandait, si je l'ai bien comprise, dans quelle mesure le fait de savoir que quelque chose vous dépasse et de vouloir l'atteindre ne mobilise pas tant de cellules, d'ondes et d'atomes que celles-ci et ceux-ci prolifèrent au point qu'un jour le Monde en sera élargi et modifié, qu'une espèce nouvelle prendra le relais de l'humanité, le relais d'une logique linéaire ou ondulatoire, percevra des trucs qui pour nous sont invisibles. Enfin, comme tu le vois, je te parle de ce que je ne comprends pas. Mais tu reconnais qu'il y a un an ces histoires de ma mère m'auraient fait tellement chier que j'en aurais cassé un truc, peu importe, un truc que toi ou moi on aimait. Et parfois aujourd'hui, ne rigole pas, mais l'air me semble plus dense qu'avant, les murs de la maison plus épais, mon sang plus fort et mon corps plus plein.

Il y a un an jour pour jour, tu m'accompagnais à Boston pour prendre l'avion. Tant de choses se sont passées depuis.

Sans le dire à maman, mais pour elle, j'ai décidé d'aller rencontrer ma mère biologique. Cela a été un choc. D'abord d'entendre sa voix au téléphone. Ce n'était pas du tout le genre de voix que j'imaginais. C'était une voix timide et douce et "ordinaire", comme dirait grand-mère.

Le jour où nous avions rendez-vous, mes jambes flageolaient, semblaient de coton, m'évanouissaient, j'ai cru que jamais je n'arriverais à sonner à son affreuse petite boutique à Bourg-la-Reine. Elle a ouvert, fermé les yeux et nous nous sommes trouvées dans les bras l'une de l'autre sans comprendre comment. C'était une évidence, il n'y avait pas de doute, cette étrangère était ma mère. C'est elle que j'attendais depuis toujours. C'est pour elle que je n'avais jamais vraiment aimé maman. Elle est beaucoup plus petite que moi, ses dents sont moches, elle sent très bon, elle a compris que j'avais besoin de me réchauffer et nous avons fait du thé. Elle ne parlait pas. C'était cool. J'ai un peu essayé de la culpabiliser mais elle n'est pas du tout comme maman, ça n'a pas marché. Elle est bien plus forte qu'elle n'en a l'air. Elle doit être aussi égoïste que moi. Tu sais quoi, elle se gratte le nez avec le petit doigt exactement comme moi. Elle boit son thé comme moi, et elle a tout le temps mal dans le cou comme moi. Elle m'a demandé si je voulais rencontrer mon demi-frère mais j'ai refusé. Ça faisait trop d'un coup.

Je l'ai revue une fois dans un café à Paris, place Denfert-Rochereau. Il y a un grand lion au milieu de cette place et, pour la première fois de ma vie, j'avais envie de monter sur son dos, de partir à l'aventure dans les vagues, sur la plage, à dos de lion.

Ce n'est pourtant pas le style de ma mère biologique ! As you know, je me suis toujours foutu de la gueule de maman qui faisait bourge des années 68. Cette mère-là fait petite-mamie-de province-aux yeux bridés. Elle porte une jupe en lainage, un chemisier et un cardigan (do you know what I mean ?) eh bien, pinch me, j'étais attendrie... Elle m'a demandé comment allait maman et m'a annoncé qu'elle allait partir au Viêtnam pour retrouver sa mère qu'elle n'avait jamais revue depuis l'âge de trois ans.

Elle ne savait rien de plus que ce qu'elle m'avait écrit, avait juste une vieille adresse de sa grand-mère maternelle à Haiphong et des rendez-vous à l'ambassade et au consulat... je ne sais pas exactement quand elle est partie.

Maman allait de plus en plus mal. Grand-père et grand-mère venaient tous les jours la voir de Méru... Grand-mère se penchait sur maman et disait "mon bébé" en lui donnant de l'eau sucrée. C'est à grand-père que maman a demandé des calmants et grand-père en a parlé seul avec le médecin.

Un matin, maman m'a donné des instructions pour son enterrement. Elle m'a demandé de permettre à papa de se remarier. Elle m'a dit qu'elle aurait tellement aimé être grand-mère mais qu'elle était sûre que j'aurais de beaux enfants et elle m'a demandé de rester près d'elle. Devant grand-père, grand-mère, papa et moi, le médecin lui a fait une piqûre calmante. Je tenais sa main. Je suis sûre qu'elle a eu peur, qu'elle a voulu ne pas mourir mais la fatigue était trop forte. J'ai tenu sa main jusqu'au bout. A un moment un fluide a parcouru mon bras. Elle, n'était plus dans son corps.

Papa était tellement perdu et désespéré que c'est moi qui ai dû tout organiser mais j'avais de la force de maman en moi. Je marchais dans la rue et je donnais en souriant de l'argent aux clochards en leur conseillant de s'occuper de leurs dents.

Toute la famille est venue pour l'enterrement. Dans le cimetière, après qu'on a jeté une fleur sur le cercueil, j'ai offert à chacun du bouillon en cubes très chaud dans des bols en carton et tout le monde a trouvé que je ressemblais définitivement à ma mère.

I should tell you now about Hadrien. Je le connais depuis longtemps. C'est le meilleur ami d'enfance de mon cousin Matthieu. Il venait tous les étés chez grand-père et grand-mère au Cap-Ferret et quand papa et maman ont acheté *L'Abri du vent*, Hadrien, Matthieu et Justin ont aidé papa à refaire la toiture, les canalisations, l'électricité, la peinture, le perré...

Je t'ai souvent raconté que j'allais au cinéma avec Matthieu et son copain Hadrien. Le jour où tu m'as dit que tu avais retrouvé Léa, j'étais désespérée. Maman a téléphoné à sa sœur Julie, qui a prévenu Matthieu qui a appelé Hadrien, et Hadrien m'a emmenée danser jusqu'à plus d'ouïe, plus de jambes, plus de rien… Ce soir-là, c'est papa qui veillait maman. Quelques jours plus tard, il m'a proposé d'aller marcher à Etretat. Nous y allions souvent chez des cousins de maman quand j'étais petite, avec mon amie Valentine que tu connais. C'est un pays que j'aime, très différent du Maine, mais quand même. Et voilà… nous allons nous marier.

Moi qui n'avais pas de mère quand nous nous sommes rencontrés, j'en ai aujourd'hui une dans le passé et une dans l'avenir. Aucune des deux ne sera là pour organiser mon mariage, et pour se libérer de moi sainement et je devrai adopter une troisième mère, celle d'Hadrien. Mais la vraie de vraie, Johnny, c'est ma mère biologique, celle qui vit, qui m'a abandonnée, qui me laisse une blessure inguérissable, que j'apprivoise, comme je peux.

Johnny, I would be happy if you could be here for my wedding, you are not another mother, mais un frère qui a su me prendre un temps dans ses bras pour me rassurer (et tant pis pour l'inceste !).

C'est la sœur de maman, Julie, femme au foyer catho-catho, mariée à un Breton qui aime sa femme et la pluie (c'est la même chose), qui organise le mariage au Cap-Ferret. Si tu pouvais venir avec Léa, je vous promets une orgie d'huîtres, et sinon c'est nous qui débarquerons à Boston.

Love.

STÉPHANIE

JACQUELINE BEAUMONT (MÈRE DE COLETTE BOUVIER ET DE JULIE NÉDELEC) A SA PETITE-FILLE, STÉPHANIE BOUVIER

Méru,
le 29 août 1999

Ma petite-fille chérie,

Merci pour les belles photos de ton mariage. Tu imagines à quel point nous étions émus de retrouver le bassin que nous avions quitté depuis dix ans et d'assister à ton mariage dans l'église même où ton papa et ta maman s'étaient mariés.

Grand-père et moi regardons ces photos à tour de rôle avec chacun notre loupe ; nos enfants, petits-enfants, neveux, petits-neveux et arrière-petits-neveux et cette grande belle fille blonde aux yeux bridés, notre petite-fille-cadeau. Quand ta maman a choisi d'adopter un enfant plutôt que de faire appel à l'insémination artificielle, elle m'a dit qu'elle y avait longuement réfléchi. Son premier souci était de ne jamais rien cacher à son enfant et il lui semblait très difficile de dire à un enfant qu'elle l'avait fabriqué avec une éprouvette et le sperme d'un inconnu. “Et puis je n'ai pas envie de faire l'amour avec tous les hommes que je croise dans le métro, m'avait-elle dit. Alors, pourquoi accepterais-je de fabriquer un enfant avec un homme que je n'ai jamais vu ? Si un jour je croise un homme avec lequel je souhaite faire un bébé, je le ferai. Et ce sera un petit frère ou une petite sœur pour mon bébé adopté."

Elle souhaitait aussi profondément partager un enfant à égalité avec son mari, lui qu'elle trouvait fait pour être père et qui ne le pouvait pas pour des raisons médicales.

Enfin, et c'est surtout cela que je voudrais te raconter, elle m'avait impressionnée par sa conviction que l'humanité est solidaire, ne peut progresser que dans son ensemble, ne forme qu'une grande famille qui devrait se serrer les coudes pour évoluer et pour survivre plutôt que de s'autodétruire.

Tes parents avaient déposé à la DDASS une demande d'adoption en précisant qu'ils étaient indifférents au sexe, à la couleur, à la provenance de leur enfant. Ta maman a mis tant d'amour, de joie et d'enthousiasme dans ton adoption. Je crois bien qu'elle s'est prise pour la Sainte Vierge accueillant l'enfant Jésus et tant de déification a été bien lourd à porter pour toi, ma chérie.

Ton grand-père et moi n'étions pas étonnés que tu aies besoin d'autres dieux ou diables pour t'affranchir de tes parents.

Si je te raconte cela en cette fin août bien fatigante malgré la douceur du jardin, c'est pour que tu n'aies pas peur d'avoir des enfants. Ils ne seront ni des dieux, ni des diables, juste des humains à chérir simplement, à élever, pour élever d'un cran l'humanité entière, comme le souhaitait ta maman. Colette pensait aussi qu'il était important pour toi de rencontrer ta mère biologique. Je ne sais pas ce que tu en penses et ce que souhaite ton mari.

Sache que notre maison est ouverte pour toute rencontre qui te semblerait trop difficile dans un lieu trop proche ou trop inhospitalier. Passez nous voir tous les deux quand vous le pourrez. Grand-père a encore des réserves du bordeaux que tu aimes et j'ai toujours un bocal de lamproie à déboucher.

Je t'embrasse très fort ma chérie.

GRAND-MÈRE

ANNE VALLIO
A
JACQUELINE BEAUMONT

Bourg-la-Reine,
le 12 mai 2000

Madame,

Stéphanie m'a fait part de votre invitation pour l'anniversaire de votre mari à Méru. Je suis désolée de ne pas pouvoir venir. Je travaille le samedi et ne sors pas beaucoup. Mais je suis sensible à votre geste.

Stéphanie et moi nous apprivoisons progressivement. Elle a une violence en gestes et en paroles qui m'est très étrangère. Elle rit en disant que cela vient de son père italien et de sa mère du Sud-Ouest. Il me semble que c'est une façon de combler bien des manques, y compris de compréhension du monde et des autres.

Je ne peux effacer ma responsabilité mais seulement faire preuve de sincérité et ne pas dépasser mes propres limites. Je ne souhaite ni juger, ni me culpabiliser, ni me blesser. J'ai raconté à Stéphanie mon voyage au Viêtnam, ma rencontre avec une sœur de ma mère, la mort de ma mère, assassinée peu de temps après mon arrivée en France lorsque j'avais trois ans.

J'ai réalisé que mon père et ma grand-mère l'avaient toujours su et me l'avaient caché. Je vous le raconte comme je l'ai raconté à Stéphanie pour ne pas moi-même cacher quoi que ce soit.

Le silence de mon père et de ma grand-mère a-t-il changé le cours de ma vie ? Leur surprotection m'a-t-elle rendue si immature que je n'ai pu assumer un enfant ? Cette immaturité était-elle innée, ou bien un destin plus lointain voulait-il qu'une petite fille moitié norvégienne moitié française et vietnamienne s'intègre dans une famille franco-italienne ?

Il me semble qu'un jour Stéphanie s'entendra bien avec son frère, mon fils Patrick. Il est étudiant en médecine comme Hadrien. Mais pour le moment, ni Patrick ni Stéphanie n'ont souhaité se rencontrer. Ils prennent le temps.

Attendons, si vous le voulez bien, que Stéphanie elle-même nous réunisse un jour quand elle en éprouvera le désir. Je souhaite à votre mari un bon anniversaire, entouré d'enfants et de petits-enfants… et des pensées de ceux qui ne sont plus là.

Je vous prie de croire, madame, à mes sentiments très sincères et les meilleurs.

ANNE VALLIO

STÉPHANIE BOUVIER
A
SON ENFANT A NAÎTRE

Cap-Ferret,
le 3 novembre 2000

Mon bébé, mon tout-petit,

Tu es là, en moi, tu bouges, je te sens. La maison est silencieuse. Des pommes de pin tombent de temps en temps et le bassin est tout rose ce soir. Je n'ai pas peur d'être seule dans cette cabane au mois de novembre, je ne suis plus seule, tu es là.

Nous avons marché entre Lherbe et Le Canon, au bord de l'eau, regardé les piquets des parcs à huîtres se refléter dans l'eau et se trouver un peu ridés. Nous avons fait quelques ricochets et ramassé sur la plage un morceau de bois flotté qui ressemble à une tête d'oiseau. Je l'ai mis sur la cheminée. J'espère que papa ne le jettera pas, il n'est pas très sensible au bois flotté.

Je n'ai plus besoin de mon père norvégien pour aimer le bois, de ma mère vietnamienne pour aimer l'eau plate avec des herbes et des piquets qui en émergent, ma vie a commencé avec moi, grâce à toi.

Demain, je vais écrire sur le sable humide de la plage de l'océan les noms des hommes que j'ai aimés, je vais écrire les bêtises que j'ai faites, je vais écrire une litanie de pardons à Colette, ma dentiste du cœur, et l'océan montant effacera tout cela et me lavera, me baptisera, me renouvellera pour toi.

Mon bébé, mon tout petit garçon, tu as six mois en moi, l'âge que j'avais lorsque je suis née, placée tout de suite sans doute dans une couveuse électrique, privée des sons et des odeurs de ma mère, que j'ai reconnus pourtant.

Je suis triste aujourd'hui pour ma maman Colette, pour ce bonheur simple qu'elle n'a pas connu. Je comprends mieux qu'elle ait toujours fui la tranquillité, le repos, qu'elle ait vécu avec un manque immense. Les hommes en sont-ils conscients ? Papa sûrement pas. Pour lui, il n'y avait pas de rupture entre une femme avec laquelle il faisait tous les jours l'amour et un petit enfant déjà né.

Chaque minute avec toi mon bébé me fait comprendre le vide de ma maman, qu'elle comblait à coups de dents et de dentiers. J'aurais voulu qu'elle te connaisse, sûrement aurait-il été plus facile pour elle d'être grand-mère que mère adoptive. Une grand-mère ne souffre pas de ne pas avoir fabriqué dans son ventre un petit-fils.

Je regarde ce paysage que j'aime et que je retrouvais dans le Maine. J'écoute les vagues et le vent sur l'eau et dans les pins, une voiture au loin de temps en temps. Je t'habitue au crépitement du feu de bois dans la cheminée, au grondement de l'océan qui nous rappelle que l'univers est grand et vieux, et vivra longtemps, que la vie d'un être humain qui se résumera un jour à quelques grains de sable est pourtant si précieuse, demande tant de soins et d'attention que l'on comprend bien que les hommes n'acceptent pas qu'elle se limite à son temps sur terre.

Je ne m'inquiète pas, ton papa et moi allons faire de toi un très beau grain de sable pensant, et tes pensées dépasseront l'océan.

Demain, Hadrien vient nous rejoindre. Avant son arrivée, nous irons toi et moi sur la plage du Truc Vert, j'écrirai à marée basse, comme je t'ai dit. J'emporterai la bouteille de vin de Bordeaux de mon grand-père que nous avons fini de boire ce soir, j'y mettrai dedans le mot que j'écris en ce moment et l'enverrai dans les vagues.

Je ne suis plus une bouteille à la mer, je n'attends ni port ni marin, je suis un grain de sable qui en prépare un autre, un grain de sel qui en prépare un autre, une algue qui en prépare une autre, un hippocampe, une anguille, une huître, une mouette, un cul-blanc, une palombe, un canard sauvage, un dauphin, un bout de blockhaus, un bois flotté, peu importe dorénavant, le monde commence, l'océan c'est moi, avec toi dedans.

TA MAMAN

TABLE

Ouvrage réalisé par l'Atelier graphique Actes Sud. Achevé d'imprimer en avril 2001 par l'Imprimerie Bussière à Saint-Amand-Montrond pour le compte des éditions ACTES SUD, Le Méjan, place Nina-Berberova, 13200 Arles.
Dépôt légal 1re édition : mai 2001
N° impr. : 12202